JEAN MASCART

ASTRONOME ADJOINT A L'OBSERVATOIRE DE PARIS

L'HEURE A PARIS

PARIS

GAUTHIER-VILLARS, IMPRIMEUR-LIBRAIRE

DU BUREAU DES LONGITUDES, DE L'OBSERVATOIRE DE PARIS

55, Quai des Grands-Augustins, 55

1907

PRINCIPALES PUBLICATIONS

De M. Jean MASCART

Astronome à l'Observatoire de Paris.

Sur une classe de solutions périodiques dans le problème des trois corps (*Bulletin Astronomique*, août 1895 ; *Académie des Sciences*, 29 avril 1895).

Contribution à l'étude des planètes télescopiques (*Annales de l'Observatoire*, t. XXIII).

Application de la méthode des moindres carrés à la recherche des erreurs systématiques (*Académie des Sciences*, 29 novembre et 6 décembre 1897).

Relations de commensurabilité entre les moyens mouvements des satellites de Saturne (*Académie des Sciences*, 2 mai 1898).

Probabilité d'une coïncidence entre les éléments de deux planètes (*Bulletin Astronomique*, août 1898).

Constitution de l'anneau des petites planètes (*Académie des Sciences*, 2 janvier 1899).

Application du critérium de Tisserand (*Académie des Sciences*, 10 avril 1899).

Les orbites des planètes rapportées à celle de Jupiter (*Bulletin Astronomique*, juin 1899).

L'anneau des petites planètes (*Annales de l'Observatoire*, t. XXIII).

Constantes de Tisserand (*Bulletin Astronomique*, octobre 1899).

Observation d'un bolide (*Académie des Sciences*, 1er octobre 1900).

Théorie des éclipses du Soleil (*Revue générale des Sciences*, 15 mars 1901).

La constitution physique du Soleil (*Revue générale des Sciences*, 30 mars 1901).

Position et vitesse d'un bolide (*Académie des Sciences*, 1er avril 1901).

Rayons lumineux divergents à 180° du Soleil (*Académie des Sciences*, 16 septembre 1901).

Coïncidences entre les éléments des planètes (*Académie des Sciences*, 20 janvier 1902).

Application de l'intégrale de Jacobi (*Annales de l'Observatoire*, t. XXV).

Histoire des mathématiques, par H. G. Zeuthen (*Traduction chez Gauthier-Villars*).

Situation des petites planètes dans la condensation de la nébuleuse de Laplace (*Bulletin de la Société des gens de science*, février 1902).

Contribution à l'origine des planètes (*Société Astronomique*, mars 1902).

Description d'un orage localisé (*Académie des sciences*, 14 septembre 1903).

Pendule en acier nickel, entretenu électriquement (*Académie des Sciences*, 12 décembre 1904).

Perturbation des petites planètes (*Académie des Sciences*, 17 février et 15 décembre 1902 ; 16 février, 2 mars, 4 mai, 18 mai, 6 juillet, 3 août 1903, *Bulletin Astronomique*, avril 1903).

Lunette méridienne photographique (*Académie des Sciences*, 15 mai 1905).

La question des petites planètes (*Annales de l'Observatoire*, t. XXV).

Contrôle des horloges synchronisées électriquement (*Académie des Sciences*, 28 mai 1906).

Clavius et l'astrolabe (*Bulletin Astronomique*, février, avril, mai décembre 1905 ; janvier, mars, avril, août 1906).

La découverte de l'anneau de Saturne, par Huygens (*Revue du Mois*, juillet, août et septembre 1906).

L'HEURE A PARIS

Extrait de la *Revue du Mois* (Septembre-octobre 1907).

JEAN MASCART

ASTRONOME ADJOINT A L'OBSERVATOIRE DE PARIS

L'HEURE A PARIS

PARIS

GAUTHIER-VILLARS, IMPRIMEUR-LIBRAIRE

DU BUREAU DES LONGITUDES, DE L'OBSERVATOIRE DE PARIS

55, Quai des Grands-Augustins, 55

—

1907

L'HEURE A PARIS

Les premiers êtres humains s'en tinrent à cette notion : le jour et la nuit. Et il faut nous garder, aujourd'hui, de considérer comme très simple, voire enfantine, une notion qui fait partie de notre éducation première et que, par cela même, nous évitons d'approfondir ; or, en réalité, la constatation du climat, l'étude de la végétation imposée par les nécessités, permirent de distinguer entre les différents jours ; le rêveur sut interpréter, dans le ciel, les divers mouvements et positions du Soleil et de la Lune, l'expérience fut acquise, puis transmise, et l'on peut être stupéfait, à présent, si l'on songe que de longs cycles solaires et luni-solaires étaient bien déterminés par des ancêtres qu'il est d'usage, de traiter par ailleurs de fort primitifs.

Mais si tout, bien considéré, revient à l'inertie, par laquelle un corps matériel est dépourvu de volonté et reste indifférent à l'état de repos ou à celui de mouvement, en quoi un corps, considéré par la pensée dans l'acte de mouvement, diffère-t-il de ce même corps à l'état de repos ? Mystère que n'avaient pas à éclaircir les Anciens, avec la diversité de leurs divinités inquiètes ; tandis que pour nous, esprits forts ? Ce que nous appelons « le temps » est-il une variable quelconque, arbitrairement introduite dans les calculs pour en faciliter le développement et les applications ? Autant de problèmes que les métaphysiciens, et certains géomètres, ont examinés avec le plus grand soin pour les éclaircir.....

« Le temps, dit Laplace, est pour nous l'impression que laisse dans la mémoire une suite d'événements dont nous sommes certains que l'existence a été successive. Le mouvement est propre à lui servir de mesure ; car un corps ne pouvant pas être dans plusieurs lieux à la fois, il ne parvient d'un endroit à

un autre qu'en passant successivement par tous les lieux intermédiaires. Si, à chaque point de la ligne qu'il décrit, il est
animé de la même force, le mouvement est uniforme, et les
parties de cette ligne peuvent mesurer le temps employé à les
parcourir. »

Aussi bien nous n'avons pas besoin de recourir aux subti-
lités, puisque c'est la rotation quotidienne du ciel qui fut le
premier phénomène astronomique propre à frapper les hommes, et décrit par les poètes dans le langage de la science
primitive : dans tous les cas, c'est bien par le mouvement,
curviligne et angulaire, que, depuis la plus haute antiquité,
on va mesurer le temps. Dans la pratique expérimentale il
fallut tout d'abord se borner, pour l'étude du mouvement des
astres, à examiner leurs changements de direction, abstraction
faite de leurs variations de distance à la terre, c'est-à-dire les
angles formés par les lignes visuelles menées successivement de
la terre à ces astres : et c'est par là que le mouvement angulaire domine la connaissance du temps.

Le soleil est toujours l'astre prédominant par son impor-
tance, et son influence sur tous les actes de la vie : on va donc
noter le milieu de sa course, son point le plus haut dans le
ciel, en considérant l'ombre projetée par un monument quelconque, une colonne, et l'on peut regarder l'usage du gnomon,
ainsi défini, comme un de ceux qui s'établissent, naturellement,
dans les sociétés primitives. Les Péruviens élèvent autour de
leurs temples des colonnes servant à l'examen de l'ombre ; les
Chinois emploient le gnomon douze siècles avant notre ère.....
les anciens Egyptiens aussi ; plus récemment les Grecs s'en
servent pour mesurer les hauteurs solsticiales ; on utilise des
monuments de plus en plus élevés, des obélisques, etc... dont
la hauteur fait bientôt que l'ombre du sommet est mal définie :
les Persans imaginent les gnomons à trous et les font connaître
aux Chinois.

L'emploi du gnomon, définissant le rayon solaire sur la méridienne, fut plus utile aux recherches positives qu'on ne le
suppose généralement et, à la renaissance de l'astronomie, les
méridiennes de grande dimension étaient de véritables instruments de précision puisque l'on n'avait pas de meilleur moyen,
notamment, pour déterminer l'heure absolue. Florence eut, vrai-
semblablement, la plus ancienne méridienne de cette nature ;

plus de deux siècles après, en 1669, dans la grande salle de l'observatoire de Paris, J. Picard en établit une de 9^m,9 qui fut refaite par J. Cassini en 1730 ; à l'église Saint-Sulpice l'horloger Sully, en 1727, en construit une de 26 mètres et Le Monnier, en 1743, plaça un objectif dans l'ouverture gnomonique. En fait, tous les anciens traités étudient la gnomonique, mais cette science, considérée comme branche de l'art graphique, ne prit une forme systématique et vraiment scientifique qu'entre les mains de Monge.

En même temps les observateurs développaient leurs investigations, et les astronomes n'avaient toujours d'autre horloge que celle du ciel : pour connaître l'heure, en quelque sorte, à un moment déterminé, ils étaient forcés d'assigner, à cet instant, la position de la sphère étoilée, ce qu'ils faisaient généralement en *prenant hauteur ;* pendant le jour ils mesuraient aussi, à l'astrolabe, l'arc parcouru par le soleil dans son cercle diurne, depuis son lever, et nous ne quittons toujours point l'étude du mouvement angulaire. Mais les mesures prises sur le ciel ne fournissent l'heure que pour le seul instant auquel elles se rapportent : elles donnent des points dans la durée continue, et ces points ne sont pas liés entre eux, en sorte qu'il n'y a nul moyen de définir l'un quelconque des instants intermédiaires.

Pour établir cette liaison, il fallait trouver le moyen de conserver l'heure, après l'avoir déterminée : on était ainsi conduit à l'invention des horloges. Les premières horloges, dites clepsydres, sont bien antérieures à l'ère chrétienne, et la Chaldée les tenait d'Egypte : simple vase percé d'un trou, s'emplissant lentement de l'eau sur laquelle il flotte. Ces appareils à écoulement liquide, ou à changement de niveau, permettent de subdiviser régulièrement la journée, et sont rapidement perfectionnés : Ctésibius y adjoint des rouages qui en font une véritable horloge moderne à cadran ; Jules César en développe bientôt l'usage et, au ve siècle, la cathédrale de Lyon en possède un remarquable exemplaire. Si les Arabes, en particulier, excellent dans cette construction, si la sculpture et les pierreries viennent en faire des chefs-d'œuvres, il ne s'agit encore que d'instruments volumineux, coûteux, réservés aux usages publics et impropres aux usages particuliers. Désirait-on régler la durée des discours que des orateurs, des avocats,... devaient prononcer devant une assemblée du peuple, devant un tribunal, etc..., on se servait de vases déterminés, remplis d'eau dont l'écoulement intégral fixait la durée voulue : les préposés aux clepsydres usaient de mille ruses pour favoriser leurs amis, nuire à leurs adversaires, en modifiant la dimension de l'orifice, en altérant la capacité par des boules de cire rapidement dissimulées. Et, dans l'Inde, n'est-elle pas charmante l'héroïne du Lilawati de Bhascara qui, de sa coiffure, laisse tomber une perle dans le bassin de la clepsydre pour en retarder l'écoulement!

Plusieurs orateurs doivent-ils parler successivement ? les autorités assignent à chacun une clepsydre, d'où les expressions : « on en est encore à la première, à la deuxième,... eau », « vous empiétez sur mon eau », etc....

Pour la nuit, ces mêmes clepsydres donneront les subdivisions du temps, concurremment avec les déplacements des constellations, mais, dans le jour, il faut en revenir à des intervalles définis par le mouvement du soleil, et si les méridiennes, ou gnomons, ne donnent l'heure qu'à midi, nous allons savoir à présent ajouter des lignes horaires, à intervalles égaux, quelque soit au reste le mode adopté dans la division de la journée ; c'est le cadran solaire qui va nous renseigner désormais, instrument dans lequel le temps est mesuré par le déplacement de l'ombre que projette, sur un plan, une tige éclairée par le soleil. Si l'on en croit l'Ecriture, il y a bien près de vingt-sept siècles que Dieu fit rétrograder l'ombre de l'horloge d'Achaz pour rassurer Ezéchias : ne s'agit-il pas là d'un cadran solaire ? Mais, à coup sûr, Lacédémone en possédait un vers — 580, et Athènes vers — 434 ; Hérodote nous enseigne que la division du jour en douze parties avait été empruntée par les Grecs aux Babyloniens. Rome eut ses cadrans peu après et, dans les maisons opulentes, un esclave allait chercher l'heure au cadran solaire de la place publique pour la rapporter à son maître — insouciant du trajet : la vie n'était pas si fiévreuse, il ne saurait être question de recherche scientifique, et les usages comportaient une inexactitude nonchalante.

La lente rotation de l'ombre sur un cadran solaire a toujours possédé sa philosophie : la fuite du temps se fait, lente pour les uns, rapide pour les autres, et, en des temps moins reculés, chacun s'est efforcé d'attacher à cette horloge une devise appropriée à son état d'esprit, qui triste, qui ironique. Ainsi, dans la région de Briançon, un cadran solaire porte pour inscription :

« Il est plus tard que vous ne croyez » ;

à Porté, dans l'Andorre, *regarde et marche*, sous la forme

« Vide et Vade » ;

la même, plus concise, au Lycée de Limoges — *il fuit : mets-le à profit.*

« Fugit, utere » ;

prie pour que l'heure ne te surprenne pas, respire le croyant, à Anet (Loire-Inférieure)

« Ora ne te rapiat hora » ;

je ne compte que les heures sereines est la morale plus sceptique de l'hôtel de ville de Constance (Suisse)

« Horas non numero nisi serenas » ;

et le sentiment est plus douloureux à Urrugne (Basses-Pyrénées), en pays basque

« Vulnerant omnes, ultima necat » ;

toutes blessent, la dernière tue; avec la variante d'une ancienne cour du lycée Louis le Grand, à Paris

« Feriunt omnes, ultima necat ».

*   *
*

Mais qu'est le jour ? et comment le subdiviser ?

On peut dire que parmi les unités que les hommes de toutes les époques et de tous les pays ont employées pour mesurer le temps, il faut placer en première ligne le *jour*, avec sa division en vingt-quatre heures, puis la subdivision sexagésimale de l'heure : il y a une quarantaine de siècles ! semble-t-il, que les Arcadiens avaient un *jour naturel* divisé en douze heures, sexagésimales, avec une *semaine* de sept jours. Ainsi, vingt-quatre parties dans le jour, pour l'Asie occidentale et l'Egypte ; par ailleurs, les Chinois divisent le jour naturel en cinq parties au lieu de douze, et les Aztèques d'Amérique en seize au lieu de vingt-quatre.

Ceci montre assez qu'il y a lieu de s'entendre sur les diverses significations que comporte le mot « jour », et sur les procédés plus ou moins complexes à l'aide desquels on est parvenu à donner, à cette unité de temps, la régularité nécessaire pour satisfaire aux besoins scientifiques et à ceux de la vie civile. Dans son acception générale le mot jour a correspondu à une révolution du soleil, à l'intervalle entre deux levers, entre deux couchers consécutifs : définie de la sorte, nous savons qu'une telle unité manque de la régularité, de l'égalité désirables et que cela revient au sens vulgaire de la journée pendant laquelle le soleil est visible, par opposition avec la *nuit* durant laquelle le soleil est couché. L'expression grecque *nyctémère* ou *nyctimère*, c'est-à-dire nuit et jour, évitait du moins l'ambiguité que peut comporter notre langage : le nyctémère était divisé en vingt-quatre parties, comptées, suivant les uns, de une à vingt-quatre heures généralement d'égales durées, suivant d'autres en deux périodes de douze heures.

Cependant les heures égales ne sont pas d'usage courant puisque, pour la fièvre, Galien nous parle d'heures équinoxiales.

Quoi qu'il en soit, à une certaine époque, pour le temps de la présence du soleil au-dessus de l'horizon, pour le jour proprement dit, on trouve en Grèce un groupe de douze heures égales : la nuit, pareillement, le temps compris entre le coucher et le lever du soleil était partagé en douze heures égales. On voit alors manifestement que, en été, les heures du premier groupe étaient plus longues que celles du second, et en hiver, au contraire, les heures de la nuit surpassaient celles du jour : il n'y avait égalité entre ces deux espèces d'heures qu'aux *équinoxes*, 21 mars et 23 septembre, car à ces deux époques le jour et la nuit ont assez sensiblement la même durée — et c'est précisément parce que l'inégalité du cours du soleil s'oppose à ce que les douzièmes du jour soient uniformes, pendant toute l'année que les Babyloniens imaginèrent des heures *équatoriales* ou *égales*. La distinction entre les différentes espèces de temps est par conséquent fort ancienne : du reste, pour calculer les observations, Ptolémée ne manque jamais de transformer les *heures temporaires* en heures équinoxiales bien que, dans aucune observation qu'il ait rapportée, le temps ne soit indiqué plus exactement qu'à un quart d'heure près.

Pareillement, l'on a beaucoup varié sur le choix du moment où il devait être le plus convenable de fixer le commencement du jour civil.

Au coucher du soleil commence le jour pour les Juifs, les anciens Athéniens, les Chinois, les Italiens.... et, jusqu'à ces derniers temps, chez les Italiens, on comptait tout d'un trait vingt-quatre heures entre deux couchers consécutifs du soleil — et non par deux périodes de douze heures. Pour légitimer cette mesure, on disait que, à chaque instant, la montre indiquait au voyageur combien il lui restait de temps avant la tombée de la nuit : piètre raison ! Ainsi réglée, au solstice d'hiver, une montre avançait graduellement jusqu'au solstice d'été — et inversement : il fallait, constamment, corriger l'horloge, toucher le temps, *toccare il tempo* comme on dit de l'autre côté des Alpes. Ce système était incompatible avec la vie actuelle, plus méthodique, les heures de travaux, de repas et de repos, et l'on reste confondu de la persistance moderne d'une pratique en faveur de laquelle on ne peut sérieusement invoquer que son ancienneté.

Au lever du soleil commence le jour pour les Babyloniens, les Syriens, les Perses, les Grecs modernes, les habitants des îles Baléares, etc... et un tel choix ne put être fait, également, que dans des temps d'ignorance puisqu'une horloge bien réglée ne saurait fournir la même indication lors de plusieurs levers de soleil consécutifs.

Aussi bien, une seule raison suffit à condamner simultanément ces deux systèmes : parmi tous les phénomènes astronomiques, il n'en est pas dont l'observation soit sujette à plus d'incertitude, à plus d'erreurs, que celui du lever et du coucher des astres.

Pour les anciens Arabes, et pour Ptolémée, le jour commence à midi, pour compter vingt-quatre heures consécutives entre deux midis : les astronomes modernes ont très généralement adopté cet usage. Alors le moment de changer de date se trouve marqué, sans équivoque, par un phénomène facile à observer quand le ciel est serein : le passage du soleil dans un plan orienté suivant le méridien, la marche ou la longueur de l'ombre d'un style, même sur un cadran grossier, indiquent

avec toute la précision désirable le moment où un *jour vrai*
finit, le moment où le jour vrai suivant commence ; et ce sont
les mêmes procédés d'observation qui, en tenant compte de
l'*équation du temps*, permettent aussi de déterminer le commencement et la fin des *jours solaires moyens*.

Ainsi réglé sur le midi, le commencement du jour astronomique est postérieur de douze heures à celui du jour civil.

Et, pour prouver que toutes les variétés possibles se rencon-
trent dans les choix abandonnés au libre arbitre des hommes,
les Egyptiens, et parmi eux Hipparque, les anciens Romains,
les Français, les Anglais, les Espagnols, etc... ont invariable-
ment fixé à minuit le commencement du jour civil — parmi
les astronomes modernes, Copernic suivait cet usage.

Les mouvements propres du soleil et de la lune conduisent
enfin à considérer, en dehors du jour, d'autres périodes appe-
lées *années* et *mois* : ce ne sont point là des unités nouvelles,
mais des quantités évaluées en jours. Nous n'avons donc pas à
nous écarter sur ce vaste terrain, puisqu'il nous faut avant tout
connaître la définition du jour assez précise pour servir de
mesure au temps : année sidérale, année tropique et année
civile, nous entraîneraient dans la grande question des calen-
driers, longuement controversée, compliquée encore par
d'étroites questions de dogme devant lesquelles durent s'incli-
ner les justes revendications des astronomes, et pour laquelle
nous pourrions encore chercher un exemple heureux dans le
vieux calendrier persan.

Cependant, parallèlement, se développaient les progrès de la
mécanique. Aux horloges à eau vont succéder les horloges à
poids: en 1120, il existait des horloges à roues ; Pacificus en construit en 1230 et, en 1315, Wallingfort emploie nettement des
poids comme moteur. Dante signale même des horloges à roues,
mues par des poids, auxquelles on applique des sonneries.
L'horloge à poids de Westminster Hall date de 1288 ; l'usage
s'en répand, notamment dans les cours et, en 1364, celle du
palais de Charles V, à Paris, fut une des premières. Connais-
sait-on réellement, au ix⁰ siècle, le balancier horizontal, ou
volant, mis en mouvement par un *échappement* ? à coup sûr il
fallait un régulateur, mais ce qui ne fait aucun doute c'est que
ces instruments se perfectionnèrent assez pour devenir réellement utiles à l'astronome : en 1484, B. Walther se sert d'hor-

loges à poids, sans pendule, pour ses observations ; Tycho-
Brahé employe, de son côté, quatre horloges de cette nature —
tous les astronomes du xviiᵉ siècle y eurent recours.

La marche des horloges à poids était loin d'être régulière et
laissait encore trop à désirer : or, à la fin du xᵉ siècle, Ebn
Iounis n'avait-il pas aperçu le parti que l'on pouvait tirer des
oscillations du pendule pour diviser le temps en intervalles
égaux? Comptant les oscillations entre deux prises de hauteurs,
il pouvait interpoler les instants de toutes les observations
intermédiaires, et cette méthode fut reprise à la Renaissance :
mais si le principe était trouvé, l'application, du moins, présen-
tait bien des difficultés; les oscillations allaient en diminuant
jusqu'à l'arrêt du pendule et, pour prolonger l'expérience, il
fallait donner une nouvelle impulsion quand l'arc d'oscillation
était trop réduit, procédé pour le moins délicat. D'autre part, il
fallait compter les oscillations une par une, ce qui était malaisé
et fastidieux ; et, en diminuant d'amplitude, non seulement les
oscillations devenaient trop petites, mais encore elles ne s'ef-
fectuaient plus dans un plan distinct : pour y remédier, l'on
suspendit bien le poids à un double cordeau, en forme de
balançoire — le compte des oscillations restait toujours un em-
barras et une difficulté.

En 1612, Sanctorius imagina de faire compter les oscillations
par le pendule lui-même, lié à un rouage ; Galilée fit construire
par son fils un compteur de cette nature, mais c'est à Huygens
que l'on doit ce résultat essentiel : il faut lier le pendule à un
rouage, non seulement pour constituer un compteur, mais aussi
pour lui rendre en détail, à chaque oscillation, la force qu'il a
perdue, difficulté jusque-là insurmontable et entraînant un
amortissement très rapide, et tirer de ces rouages eux-mêmes
la force récupératrice. En 1658, Huygens adresse aux Etats
Généraux bataves un écrit de quelques pages dans lequel il indi-
que la solution par l'emploi de l'échappement à roue verticale,
déjà usité pour le balancier horizontal à volant : cet opuscule est
antérieur de quinze années au travail souvent cité du même
auteur, avec lequel il importe de ne pas le confondre, et sa
date fait entièrement justice des réclamations de priorité élevées
à tort contre Huygens. Après l'invention de Huygens, Hévélius,
qui s'était longtemps servi d'horloges à balancier horizontal,
ou volant, fut le premier à observer avec une horloge à pendule.

Enfin l'influence de la température sur le pendule ayant été constatée, G. Graham imagina la compensation.

Et, si peu pratiques qu'ils soient, tous ces instruments successifs, clepsydres, sabliers, horloges, permettent du moins de vérifier progressivement les lois des déplacements stellaires, celles du *mouvement diurne* en particulier : l'intervalle de la durée, qui sépare deux retours consécutifs d'une étoile au même point du ciel, est constant. Nous sommes donc en présence, cette fois, d'une unité capable d'être adoptée dans les recherches scientifiques, en astronomie tout d'abord, le *jour sidéral*, et l'observation légitime cette définition car, au moins pour les époques historiques, elle permet de vérifier l'uniformité du mouvement diurne et la constance du jour sidéral. Celui-ci est divisé en vingt-quatre heures sexagésimales, et son commencement est fixé à l'instant du passage méridien de l'équinoxe de printemps, *point vernal* ou point γ : sa valeur s'évalue aisément par l'observation des étoiles à leur culmination, dans le plan méridien, lorsque leur vitesse en azimut est maximum, et il est préférable de choisir des étoiles à grande vitesse apparente, autant que possible des étoiles équatoriales. Faut-il prévoir, dans l'avenir, une division centésimale pour la circonférence comme pour le jour sidéral ? certes : aussi bien le jour civil étant différent du jour sidéral, cela ne préjugerait pas l'adoption du système décimal pour la mesure vulgaire du temps, et écarterait ainsi une des principales objections mises en avant contre cette réforme.

Sans doute, si l'on va plus au fond des choses, ce que nous savons faire aujourd'hui dans une science un peu plus précise, le temps sidéral ne varie pas d'une façon rigoureusement uniforme, et subit des variations correspondantes aux déplacements de l'équinoxe lui-même. Certainement il faut observer que, en vertu de la *précession des équinoxes*, le jour sidéral n'est pas absolument égal à l'intervalle de temps qui s'écoule entre deux passages supérieurs consécutifs d'une même étoile au méridien, c'est-à-dire encore au temps que met la terre à exécuter une révolution complète (de 360°) autour de son axe : la différence, sans être considérable, approche de $1/120^e$ de seconde ! et, pendant un temps égal à la période de la précession, en 26.000 ans environ, la terre a fait autour de son axe une révolution de moins que l'on n'a compté de jours sidéraux.

Mais ce sont là des sentiers ardus, et si l'astronome s'y doit engager pour satisfaire son besoin de précision, il ne saurait songer à entraîner derrière lui de simples touristes : ce que nous avons dit, certes, fera sentir que l'on peut trouver une unité de temps assez bien définie par les phénomènes naturels, le jour sidéral, résultant de la rotation de la Terre — ou de la rotation de la voûte céleste.

A la rigueur; l'astronome n'a besoin que de l'heure sidérale ; il peut s'en contenter aisément, et peu lui importe qu'il soit midi, ou douze heures, à un instant quelconque du jour ou de la nuit, suivant la saison. Mais les usages civils réclament impérieusement la régulation du temps sur la marche du soleil; aussi, de toute antiquité, c'est ce que nous voyons faire pour définir le jour et son milieu, le midi, par l'ombre du gnomon : et la première idée qui vient à l'esprit consiste à définir très simplement le *temps solaire*, dit aujourd'hui *temps solaire vrai*, tout comme le temps sidéral, car, si l'on appelle jour sidéral l'intervalle de temps qui s'écoule entre deux passages successifs d'une étoile au méridien, par analogie on désignera comme *jour solaire vrai* l'intervalle de temps compris entre deux passages consécutifs du soleil au méridien. On constate immédiatement que le jour solaire est plus long que le jour sidéral, en vertu de la translation de la Terre autour du Soleil ou, suivant les anciens, à cause du mouvement rétrograde du Soleil à travers les constellations zodiacales : mais, de ceci, le public n'a cure, puisqu'il ne demande qu'à ignorer le temps sidéral.

Tout cela serait fort bien, et les primitifs pouvaient s'y tenir, si le soleil passait exactement, pendant la durée de chaque jour solaire, d'un des 360 cercles horaires, par exemple par degrés, au cercle horaire suivant : tous les jours solaires, surpassant les jours sidéraux de la même quantité, seraient donc aussi égaux entre eux. Mais cette régularité n'existe pas : les perfectionnements mêmes dans la mesure du temps sont venus le mettre en évidence, établissant parallèlement les lois précises des déplacements du Soleil, et il fallait alors examiner ce que les inégalités de grandeur dans le mouvement journalier de cet astre, ce que les dissemblances d'orientation, ce que les distances diverses des arcs parcourus à l'équateur, pouvaient amener de variation dans les jours solaires ainsi définis.

Au début, on constate que le mouvement du soleil n'est pas

uniforme : il se déplace plus vite, vers le point de son orbite appelé *périgée* qu'au point opposé, nommé *apogée*. Puis le retard du jour solaire sur le jour sidéral, ou entre deux cercles horaires, dépend de l'inclinaison de la trajectoire par rapport à la ligne Est-Ouest, et le mouvement n'est parallèle à cette direction que lors des *solstices* ; enfin ce retard est encore fonction de la distance plus ou moins grande du soleil à l'équateur de sa déclinaison variable, ou hauteur au-dessus de l'horizon.

Si l'on fait usage, il est vrai, de considérations et même de formules mathématiques, on trouve que ces trois causes qui influent sur l'inégalité de durée des jours solaires se réduisent, en réalité, à deux seulement, le mouvement irrégulier du soleil dans son orbite et l'obliquité de l'écliptique : ainsi, défini à chaque instant par l'angle horaire du soleil, le temps vrai ne pourrait être uniforme que si l'ascension droite du soleil variait elle-même uniformément — ce qui n'est pas. A cause de l'inclinaison du plan de l'écliptique sur celui de l'équateur, le mouvement de l'astre en longitude n'est pas uniforme, et l'ascension droite se compose de trois parties : la première, proportionnelle au temps, est appelée *longitude moyenne* du Soleil, rapportée à chaque instant à l'équinoxe moyen ; la seconde se nomme *équation du centre*, conséquence des lois de Képler et de la forme elliptique de la trajectoire ; la troisième, dite *réduction à l'équateur*, due à l'obliquité de l'écliptique — ces deux dernières sont périodiques, ainsi que leur somme.

Malgré toutes ces imperfections, le temps solaire vrai suffisait aux anciens : à Rome, par exemple, c'était un huissier des consuls qui, monté sur la terrasse du palais du Sénat, annonçait à grands cris le moment où le soleil se levait, comme celui de son passage au méridien ; on en était quitte, lorsque l'astre était caché par des nuages, à tout laisser tomber dans la confusion durant la journée. Les mahométans, dans leurs prières, ne rappellent-ils point ces temps héroïques ?

Mais il fallait du moins étudier avec précision les défauts du temps vrai car, s'il ne varie pas d'une façon uniforme, il devient bientôt nécessaire d'employer à sa place une troisième espèce de temps ne présentant pas ce désavantage : c'est le *temps solaire moyen* ou simplement *temps moyen*, et si la distinction entre les diverses sortes de temps est très ancienne, l'usage du temps solaire moyen ne s'est introduit toutefois que dans les siècles récents. Les désignations, elles-mêmes, n'ont pas été fixées d'un seul coup : ainsi Newton appelle temps vrai ce que nous nommons aujourd'hui temps moyen, et désigne notre temps vrai sous le nom de temps apparent.

Imaginons donc un second soleil, fictif, appelé *soleil moyen*, dont l'ascension droite rapportée à l'équinoxe moyen de chaque instant soit toujours égale à la première partie non périodique de l'ascension droite du Soleil, c'est-à-dire à la longitude moyenne de cet astre : le temps moyen, angle horaire du soleil moyen, varie alors d'une façon rigoureusement uniforme, et tous les jours solaires moyens, plus longs que les jours sidéraux, sont parfaitement égaux entre eux. Grâce à des tables spéciales, les astronomes connaîtront constamment les positions relatives du soleil vrai et du soleil fictif qui se meut uniformément dans le plan de l'équateur.

Certes on ne le voit pas, ce soleil fictif, mais sa régularité permet à présent de régler sur son cours des pendules et horloges à marche uniforme, dont le mécanisme ne saurait concorder avec les retours variés du soleil au méridien : et, par là, ceux-là font un bien médiocre éloge de leur montre, qui disent qu'elle marche avec le soleil. Cependant c'est le soleil réel qui, par sa présence au-dessus de l'horizon, règle, et doit régler, les travaux de la Société : il faut donc encore faire un choix, et savoir placer le soleil fictif équatorial, celui qui détermine le temps moyen, de manière que les midis marqués par le soleil fictif ne diffèrent jamais notablement des midis réellement marqués par le soleil vrai.

On peut satisfaire *sensiblement* à cette condition : en 1906, à Paris, le midi moyen fut en retard sur le midi vrai de $16^m20^s,92$ le 4 novembre, et de $3^m51^s,02$ le 15 mai; il était en avance de $14^m24^s,91$ le 11 février, et de $6^m18^s,30$ le 27 juillet; les deux soleils ont coïncidé quatre fois entre les midis des 15 et 16 avril, des 14 et 15 juin, des 1 et 2 septembre, des 25 et 26 décembre. Tous les calculs sont préparés à l'avance et comportent des petites modifications incessantes, à cause, notamment, du mouvement du périgée. Le jour civil commence à minuit moyen, douze heures avant le jour moyen astronomique, et se divise en deux périodes de douze heures, matin et soir, tandis que l'astronome compte les heures de une à vingt-quatre.

***

On désigne par *équation du temps* la quantité qu'il faut ajouter, ou retrancher, à la position moyenne pour obtenir la position vraie d'un astre : étudiée par Ptolémée, elle est encore incomplète avec Tycho-Brahé, qui ne tient compte que de l'obliquité de l'écliptique, pour devenir définitive avec Képler ; Flamsteed la considère constamment, fait ainsi le premier pas franc vers l'adoption du temps moyen, et bientôt les avantages d'une mesure uniforme sont généralement reconnus par les astronomes.

Le signe même de cette équation, suivant que le midi moyen précède ou suit le midi vrai, explique pourquoi la durée du jour paraît quelquefois plus longue le soir que le matin (ou inversement), pourquoi les jours allongent plutôt le matin ou le soir : ainsi, fin décembre et commencement de janvier, la matinée reste stationnaire tandis que le jour augmente de onze minutes dans l'après-midi.

Comment donc, maintenant, déterminer l'heure ? Les anciens observateurs prenaient des hauteurs absolues à l'astrolabe et, plus tard, au quart de cercle, mais la description des anciens instruments, anneaux, armilles et parties de cercles, nous entraînerait beaucoup trop loin et comporte une bibliographie d'autant plus considérable que cette question constituait l'essentiel des connaissances antiques ; Picart remit en honneur la méthode des hauteurs correspondantes, utilisée dans le tracé des méridiennes : aujourd'hui le procédé le plus précis, et tout moderne, réside dans les observations méridiennes, et l'on trouve dans les traités généraux les meilleurs moyens d'avoir l'heure, moyens qui ne se sont développés que par degrés.

Une chose importe, cependant, qu'il ne faut pas oublier : quel que soit celui que l'on emploie, le temps est toujours un angle horaire, et la différence des heures de même nom en deux lieux différents est toujours égale à la différence des longitudes de ces deux lieux.

Car les besoins de la navigation, la connaissance des longitudes, rendaient plus urgente que jamais la détermination et la conservation de l'heure ; les horloges à eau, à poids ou à volant, manquaient d'exactitude ; les horloges à pendule exigeaient une installation fixe ; aussi les marins, il n'y a guère plus d'un siècle, employaient encore des sabliers, *ampoulettes*, de toutes sortes. Sans doute, à la fin du xv⁰ siècle, Hele avait inventé la montre, avec un ressort moteur dont la détente était uniquement modérée par les frottements : un tel instrument ne supportait qu'une aiguille, celle des heures, tant sa marche était peu régulière, et l'on ne pouvait encore songer à s'en servir au point de vue astronomique. En 1658, Hooke applique un deuxième ressort, le *spiral*, tenant en échec le développement du premier ressort à chaque oscillation du balancier ; Huygens, de son côté, avait songé à cette combinaison — et un grand pas est fait vers la construction des horloges portatives.

Le premier chronomètre proprement dit fut construit en 1726 par Harrisson. Puis notre Académie de Marine encourage puissamment tous les procédés propres à déterminer le temps à la mer : des montres Berthoud sont embarquées par Fleurieu sur l'*Iris*, par Borda sur la *Flore*, par Chabert sur la *Mignonne*, et leur supériorité est reconnue ; Chabert et Blondeau collaborent hautement au perfectionnement de cet art ; Berthoud mérite la reconnaissance de ses concitoyens pour les services qu'il rend ainsi, indirectement, et l'essor que la chronométrie doit à son ingéniosité ; enfin, dans les recherches de Ch. Sandoz, on peut voir la part d'initiative du Jura, avec ses *clercs de clochers*, et de Besançon en particulier, dans les progrès et l'évolution des constructions de haute précision.

S'il nous fallait aller plus loin encore, nous serions en présence des belles recherches de Foucault, de Villarceau et de Van Rysselberghe, de l'application de l'électricité par S.-C. Walker en 1846, de l'invention du chronographe par Looke en 1848, des « spring governor » de W. C. Bond, en 1850, devenus d'un usage courant ; les travaux de Cornu jettent une lumière nouvelle sur ces problèmes ; les recherches de M. Guillaume sur l'acier-nickel transforment la question de la compensation ; le pendule électrique de M. Lippmann supprime les rouages...

A quelle précision ne peut-on prétendre désormais ?

Bien des gens ont une horloge, datant de cent à cent cinquante ans, munie de deux aiguilles, l'une figurant la minuterie en temps vrai, l'autre en temps moyen, et parfois agrémentée par les mouvements des principales planètes : ils la considèrent comme un vieux vestige d'époques antiques, sans la comprendre, sans se douter que c'est une merveille d'hier, sans apprécier qu'il a fallu peut-être une cinquantaine de siècles de civilisation scientifique, d'expériences et de traditions, pour aboutir à cette réalisation mécanique exprimant avec uniformité la succession, l'évolution des êtres et des choses.

Combien se sont demandé, non pas quelle heure est-il ? mais *de* quelle heure est-il ? parmi ceux qui possèdent les admirables exemplaires de la chronométrie actuelle. Et quand on songe aux nécessités de la vie présente, à ses commodités aussi, au besoin d'avoir l'heure exacte qui se fait de plus en plus sentir pour la régularité de la vie, pour la facilité des transactions, il semble bien singulier que l'on ait tant tardé à se mettre d'accord à ce sujet par un choix conventionnel : or c'est là, précisément, que résidait la seule difficulté de donner l'heure exacte, c'est parce qu'il s'agissait, auparavant, de conclure un accord sur ce que l'on entend par heure, ce que l'on conçoit comme heure exacte ; et tout accord, toute convention, comporte une obligation réciproque qui répugne à l'homme, même ou surtout dans son intérêt, ce qui explique que, si simple, si nécessaire que cela nous puisse aujourd'hui paraître, il n'y a pas fort longtemps que l'on a arrêté cette convention.

Jusqu'à l'époque de la seconde Restauration, les horloges de Paris étaient réglées sur le temps vrai, c'est-à-dire sur les passages du soleil réel au méridien et il fallait chaque jour, au moins chaque semaine, modifier leur marche pour qu'elles ne fussent point dans un trop grand désaccord, puisqu'une pendule marchant parfaitement ne peut tenir l'heure vraie : Delambre eut à se plaindre, à diverses reprises, d'entendre sonner la même heure, par différentes horloges, une demi-heure durant.

Pour remédier aux divers inconvénients des heures variables, il suffit de poser nettement le problème et de définir l'heure conventionnelle qui devra être indiquée partout : bien entendu, c'est l'heure de temps moyen qui devait être adoptée, puisqu'elle varie uniformément et suppose au soleil un mouvement régulier autour de la Terre — ou inversement. Sans doute, alors, il n'y a plus accord avec l'heure vraie, l'heure solaire, que quatre fois par an, mais l'écart n'est heureusement pas bien grand et nous avons vu que son maximum n'atteint pas vingt minutes : d'autre part, l'uniformité de cette heure moyenne devait être un contrôle précieux, et entraîner une meilleure construction

dans les horloges publiques qui devaient pouvoir rester naturellement d'accord, entre elles, sans avoir besoin d'être incessam-
ment rectifiées.

Quels sont les inconvénients de cette convention ? fut-il juste,
et même nécessaire, de passer outre en songeant à ses avantages ?

On devait, alors, faire quelque bruit autour d'un inconvénient qui nous paraît aujourd'hui assez enfantin, presque
incroyable, à savoir : deux fois par an, l'heure vous trompe
sensiblement sur le commencement et la fin du jour, et, dans
les ateliers qui travaillent de six heures du matin à six heures
du soir pour profiter de la durée du jour et économiser les frais
d'éclairage, on devait être amené à toucher à la pendule, à ces
époques, pour lui faire marquer une autre heure que l'heure
égale. Si l'on put agir ainsi, ce fut de courte durée : l'utilité
de la réforme eut bien vite raison de cette économie, avec le
gain obtenu, par ailleurs, dans la régularité et la précision des
transactions.

Quoi qu'il en soit, M. de Chabrol, Préfet de la Seine, crai-
gnait qu'un tel changement n'amenât un mouvement insurrec-
tionnel dans la population ouvrière, que celle-ci ne refusât
d'accepter un midi qui, par une contradiction dans les termes,
ne correspondait pas au milieu du jour, un midi qui partage-
rait en deux portions inégales le temps compris entre le lever
et le coucher du soleil; avant d'introduire cette modification
dans les horloges de la capitale il voulut, pour sa garantie,
avoir un rapport du Bureau des Longitudes, rapport favorable,
est-il besoin de le dire ? Il est à penser que les ouvriers, eux-
mêmes, eurent moins à en souffrir que de l'anarchie des
horloges, car les sinistres appréhensions du Préfet ne se réalisè-
rent point : le changement passa inaperçu.

Ce changement, d'autre part, ne passa pas inaperçu des
horlogers : ils ont unanimement témoigné leur satisfaction
de voir enfin la mesure du temps ramenée à une régularité
qu'ils appelaient de tous leurs vœux ; et, répercussion sur
l'instruction générale, ils ne sont plus exposés, maintenant, à
entendre des acheteurs ignorants se lamenter de voir leurs
montres en désaccord avec le soleil, par l'inspection d'un
cadran solaire. Auparavant, les horlogers répondaient : c'est
la faute du soleil et non celle de la montre — mais peu de

personnes se contentaient de cette explication, que certains taxaient même d'impiété.

Désormais, les horloges seront réglées sur le passage au méridien du soleil fictif équatorial, pour indiquer le temps moyen : elles sont donc, tantôt en avance, tantôt en retard, sur les cadrans solaires ordinaires, à moins que ceux-ci ne portent une courbe à peu près semblable à un 8, que l'on appelle la *méridienne de temps moyen*, et par laquelle les rayons solaires, passant par le trou de la plaque du style, doivent venir se projeter aux différentes époques de l'année; bien petit inconvénient, au reste, car le cadran solaire tend à devenir, est devenu, une curiosité d'amateur — et le sentiment qui va croissant de la valeur du temps rend chaque jour plus indispensable la connaissance exacte de l'heure.

Ce qui n'était, en 1816, que de simple convenance, est devenu plus tard d'une nécessité absolue : les moments de départs et d'arrivées des convois de chemins de fer devant être réglés avec une grande précision, il est indispensable que les horloges employées dans les diverses stations soient comparables entre elles, ce à quoi l'on ne peut parvenir avec certitude qu'en les réglant sur le temps moyen ; et il faut éviter, surtout, qu'on ne se serve, dans un lieu de temps moyen, et dans un autre de temps vrai, puisque cela pourrait entraîner des différences supérieures à un quart d'heure, comme nous l'avons vu, et que de telles dissemblances dans les heures, combinées avec celles qui tiennent à la différence de longitude terrestre, particulièrement dans les chemins orientés de l'est à l'ouest, comme celui de Paris à Belfort, pourraient être la cause de déplorables catastrophes.

Mais le besoin de précision allait en s'augmentant rapidement, et dans une ville, et sur une ligne de transport, et dans un pays tout entier : la difficulté du temps vrai comparé au temps moyen n'est plus la seule qui se présente, quand on veut *unifier* l'heure, et une autre beaucoup plus grave est soulevée lorsqu'il s'agit, non pas d'une ville, mais de l'ensemble d'un pays. Le soleil ne se lève pas à la même heure, pour Belfort, Paris et Brest, l'heure est donc différente en ces trois points et l'écart entre Paris et Brest, seulement, s'élève à près d'une demi-heure entre les temps locaux : l'établissement des chemins de fer a hâté la nécessité d'une seconde convention, car les voies

ferrées avaient adopté l'heure de la capitale et l'on ne pouvait
tolérer plus longtemps des différences constantes entre les gares
et les édifices locaux.

Sans doute, en 1793, nos ancêtres avaient préconisé la déci-
malisation de l'heure, et leurs tendances méthodiques devaient
s'appliquer nécessairement à son unification ; mais, dans la voie
des réalisations pratiques, il faut reconnaître que nous ne
fûmes point, ici, des précurseurs : la substitution du temps
moyen au temps vrai, dans les horloges publiques, avait été
réalisée pour la première fois à Genève, en sorte que, dès 1780,
on employait sûrement le temps moyen, et c'est également la
Suisse qui donna la première, en 1853, l'exemple de suivre un
seul temps moyen, celui de la capitale. A Paris, nous l'avons
dit, la substitution du temps moyen au temps solaire vrai date
seulement de 1816 ; dès 1792 cette réforme était réalisée en
Angleterre, et elle se fit à Berlin en 1810. Bientôt, aussi, l'Angleterre et l'Allemagne étendaient à leurs territoires les heures
légales des capitales. Il nous fallut attendre la loi du 15 mars
1891 pour imposer comme heure légale, en France et en Algérie,
le temps moyen de Paris.

Ainsi, primitivement, l'heure est différente en chaque lieu et
dépend de la longitude : cependant, dans un pays de médiocre
étendue, il est commode, surtout par suite de l'extension des
rapides communications, d'avoir partout la même heure et,
bien que toutes les conventions d'heures soient légèrement
contraires aux lois de la nature, elles n'en sont pas moins
nécessaires, indispensables à présent ; les petits inconvénients
de cette mesure sont loin d'être comparables aux avantages
qui en résultent.

Est-il possible pratiquement, politiquement, de pousser plus
loin l'uniformité et de donner la même heure à toute l'Europe
par exemple ? L'empereur de Russie peut-il, lui-même, imposer
efficacement l'heure de Pétersbourg aux habitants des rives
du fleuve Amour et des points extrêmes du pays ? Non pas,
certes, mais le problème peut être posé autrement et, tout
récemment, la plupart des pays civilisés sont allés plus loin
dans la vue de l'entente et des concessions réciproques ; par
une heureuse initiative, ils ont adopté comme heure légale
une heure définie de la façon suivante : si l'on divise la terre
en vingt-quatre fuseaux égaux, chacun de quinze degrés, à

partir du méridien de Greenwich, chaque capitale adopte pour
heure légale l'heure locale du méridien qui sert d'origine au
fuseau dans lequel elle est située — et chaque pays adopte l'heure
de sa capitale. La France n'a pas encore voulu abandonner le
méridien de Paris, pourtant si peu différent de celui de Greenwich, pour adhérer à une telle convention : ce n'est pas ici le
lieu de discuter les motifs de son abstention.

De cette façon, la différence entre les heures légales de deux
lieux différents est toujours égale à un nombre entier d'heures,
et c'est ainsi que, en Europe, on distingue trois sortes d'heures :
celle de l'Europe occidentale, qui est celle de Greenwich ; celle
de l'Europe centrale, en avance d'une heure sur la précédente ;
et celle de l'Europe orientale, en avance de deux heures sur
celle de Greenwich. Une pareille convention rend de précieux
services, notamment dans les réseaux de chemins de fer amé-
ricains : toutes les aiguilles des minutes doivent donner la
même indication, constamment, ce qui permet, soit de synchroniser les pendules en les commandant électriquement à
distance, soit de leur appliquer les nombreux systèmes de
remise à l'heure électrique qui agissent sur la minuterie — et
par là d'augmenter la précision pour l'unification de l'heure sur
d'aussi vastes réseaux de voies ferrées.

Du moins ne pourrait-on pas établir, en France, le même service qu'en Angleterre : chaque jour, à la même heure, les trans-
missions télégraphiques sont subitement suspendues dans tous
les pays pendant les quelques minutes nécessaires pour que la
pendule de l'Observatoire de Greenwich règle automatiquement
les pendules de toutes les grandes villes et des ports de l'Angleterre. Pour cela, il faudrait vaincre la regrettable indifférence
des multiples intéressés dans la question : malgré les dispositions bienveillantes du ministère des Postes et Télégraphes,
malgré la circulaire envoyée par le ministre de l'Instruction
Publique aux chambres de commerce des ports pour leur offrir
l'établissement de ce service, les efforts persévérants de l'amiral Mouchez sont venus se briser, il y a vingt-cinq ans, devant
l'indifférence générale.

Cette indifférence sert à masquer, parfois, les froissements
d'intérêts particuliers. L'offre fut faite par l'Observatoire de
Paris, aux têtes de ligne de chemins de fer, de leur envoyer
l'heure à la seconde exacte du méridien de Paris : est-il besoin

de dire qu'elle ne fut pas acceptée. Sous des formes plus ou moins habiles, les Compagnies ont prétexté qu'elles avaient organisé un service spécial pour le réglage de l'heure, à Paris et dans toutes les gares de leur réseau, qui leur donnait des résultats suffisamment exacts et plus économiques : nous pourrions établir aisément qu'il n'en est rien dans la majorité des cas, que cette heure ne présente aucune garantie, et qu'il en sera de même tant que les Compagnies persisteront à s'en remettre à un concessionnaire d'entretien en ce qui concerne la remise à l'heure de leurs horloges ; mais elles désirent, avant tout, être à l'abri de l'intrusion d'une autre administration — et de son contrôle possible ; et, si elles possédaient l'heure exacte, ne faudrait-il pas supprimer la différence inexplicable de cinq minutes entre l'heure extérieure et l'heure intérieure ? faite uniquement pour les préserver contre les réclamations, et pour laquelle on invoque le prétexte bien puéril de prémunir les voyageurs contre le manque d'exactitude de leur montre, ou de leurs habitudes ! Pour des gens non prévenus, pour des étrangers, c'est là, au contraire, la persistance d'une cause d'erreur et de trouble. Il est étrange, à l'heure présente, de songer qu'un horloger règle sa montre à Paris et, périodiquement, voyage sur un réseau pour en remettre à l'heure les pendules.

Mais le progrès, chez nous, ne se propage pas avec une rapidité inquiétante et, tandis qu'une réforme d'unification d'heure s'établit, sans difficulté, chez les peuples voisins, l'intervention officielle, nécessaire, est insuffisante pour régler définitivement et régulariser cette situation : elle doit être consacrée par les habitudes. Si elle n'est pas d'une exactitude absolue, l'heure des gares est cependant adoptée par la plupart des horlogers de province ; il serait à souhaiter que toutes les villes de France adoptassent, du moins, pour leur heure locale, l'heure de Paris donnée par la gare la plus voisine, qui ne diffère jamais de l'heure locale vraie d'une quantité considérable ; il y aurait ainsi progrès sensible et ce serait déjà une grande simplification. Cette réforme progresse lentement : déjà acceptée par un grand nombre de localités, il n'y a pas de doute que l'*heure légale* finisse par triompher et s'imposer dans tout le pays.

Dès 1880, l'amiral Mouchez multiplia ses efforts, en signalant la grande utilité qu'il pourrait y avoir à étendre à toute la province l'envoi de l'heure de notre premier méridien, comme cela a lieu régulièrement en Angleterre : les ports de mer pour le réglage des chronomètres de la marine, les gares de chemins de fer, les grandes administrations, les villes où l'on s'occupe d'horlogerie, auraient un intérêt de premier ordre à avoir, chaque jour, l'heure exacte de l'Observatoire de Paris ; et, pour les villes qui n'y trouveraient pas une utilité considérable, il y aurait toujours, dans l'établissement de ce service, l'avantage de faire prendre des habitudes d'ordre et d'exactitude, de précision en toutes choses. Nos divers observatoires, Besançon, Bordeaux, Marseille, Nice, Toulouse..., pourraient même, chacun, desservir une région. Les réponses ne furent pas variées : personne n'en avait besoin, et ne se souciait à ce point du temps moyen ; puis dans les ports, où il s'agit d'un intérêt essentiel pour le réglage des montres, ne troublait-on point les horlogers chargés de ce service ?

Tout s'arrange : peu à peu, l'heure de l'Observatoire de Paris a été demandée, tous les huit jours par exemple, et télégraphiée à Rouen, au Havre, quelques années après à La Rochelle et à Nancy, puis à Saint-Nazaire et à Chambéry... Le commandant Guyou, à l'Observatoire du Bureau des Longitudes, vient d'organiser un remarquable système de distribution téléphonique de l'heure qui, incontestablement, va permettre à l'unification précise de l'heure de prendre un essor nouveau et fécond.

* *

Est-ce à dire, après tout, que dans un grand centre, puissant et actif cependant, comme Paris, la substitution du temps moyen au temps solaire ait rapidement détruit la nonchalance en développant la précision, définitivement vaincu le scepticisme, l'indifférence de la foule ? Delambre serait-il hautement satisfait des sonneries concordantes ? C'est douteux, par comparaison avec d'autres progrès, mais nous allons voir comment, pour aller plus avant, on se heurte à des difficultés purement financières.

Qui donc détient, à Paris, l'heure du temps moyen avec une grande précision ?

L'Observatoire, assurément : cet établissement possède dans les caves, à une température sensiblement constante, une pendule dite *directrice* dont les marches sont assez régulières pour que les variations soient du même ordre que les erreurs des observations elles-mêmes ; Tisserand a pu montrer, en outre, combien la marche serait plus régulière encore si l'on voulait tenir compte des corrections dues aux variations de la pression barométrique. En possession, en un mot, d'un appareil chronométrique très précis, parmi les plus parfaits, il serait intéressant de mettre sa perfection même en évidence par un travail que l'on n'a pu aborder, jusqu'à présent, à cause des défectuosités des pendules : c'est pourquoi M. Wolf pensait que l'on pourrait, à l'aide de cette pendule, mettre en lumière la différence du temps équinoxial moyen au temps équinoxial vrai, sur laquelle M. Gaillot appelait l'attention d'une façon si intéressante, en utilisant des observations régulières faites par un observateur exercé, et toujours le même, en vue de la détermination de l'heure. Il faut reconnaître, à ce propos, que la matière est loin d'être entièrement domestiquée par l'homme : si parfait qu'il soit, un instrument éprouve, de temps à autre, de brusques et inexplicables variations et, pour des recherches de cette nature, d'une précision extrême, une évolution heureuse s'effectue vers l'emploi de plusieurs horloges à indications concourantes, se contrôlant mutuellement.

Quoi qu'il en soit, nous ne possédons encore pas là, à vrai dire, le temps moyen : la pendule directrice des caves, qui commande électriquement les autres pendules de l'Observatoire, est destinée aux usages courants de l'observateur et, par suite, elle est réglée sur le temps sidéral. Mais ce n'est là, en quelque sorte, qu'un jeu de mots : des tables préparées à l'avance permettent de passer rapidement du temps sidéral au temps solaire moyen, ou temps civil ; il est donc aisé, par des comparaisons continues, de connaître à chaque instant la marche et la correction d'une autre pendule quelconque réglée sur le temps moyen, de la corriger, au besoin, de sorte qu'elle marque constamment l'heure désirée avec une assez grande approximation. Supposons donc faite cette besogne régulière à laquelle, pour sa propre satisfaction, se livre journellement l'Observatoire de Paris : ainsi nous possédons, à un poste central, l'heure exacte en temps moyen.

Aussi, dès 1867, Leverrier proposait à la Ville de Paris de contribuer à régler électriquement ses horloges publiques à l'aide de régulateurs, synchronisés eux-mêmes par un régulateur-type placé à l'Observatoire, suivant le procédé dont Léon

Foucault avait exposé les principes en 1847 et dont l'application
aux horloges de l'Observatoire, habilement conduite par M. Wolf,
avait donné de bons résultats : les événements suspendirent
l'exécution de ce projet.

Mais, appuyé par une délibération conforme du Conseil de
l'Observatoire, Leverrier produisait à nouveau sa proposition le
10 juillet 1875 et, sur son énergique initiative, une commission
fut constituée le 11 août 1875 par M. le préfet de la Seine : parmi
les membres les plus actifs nous voyons des sommités telles que
Leverrier, Becquerel, Tresca, du Moncel, Bréguet — M. Wolf
en fut nommé rapporteur. Des essais furent entrepris sur une
assez grande échelle et, le 22 janvier 1879, la Commission sou-
mettait à l'approbation de l'Administration un système général
résumé dans les termes suivants :

1° Des pendules à seconde seraient électriquement réglées à
la seconde par l'horloge conductrice placée à l'Observatoire :
ces pendules, constituant ce que l'on appelle des *centres
horaires*, seraient distribuées dans les régions centrale et
moyenne de Paris, sur deux circuits fermés à l'Observatoire.

2° De ces centres horaires partiraient des lignes aboutissant
aux horloges publiques de Paris, auxquelles serait appliqué un
système de remise à l'heure électrique assurant leur réglage à la
minute.

De sorte qu'un tel programme général comportait trois opé-
rations distinctes :

a. A l'aide de courants électriques distribués par la pendule
conductrice placée à l'Observatoire, synchroniser la conductrice
avec les pendules centres horaires, c'est-à-dire obliger leurs
balanciers à battre ensemble la même seconde.

b. Assurer, par les centres horaires, l'envoi de courants
périodiques dans diverses directions.

c. Utiliser ces courants pour le réglage ou la remise à
l'heure des horloges publiques.

Nous ne pourrons guère nous occuper ici que de la synchronisation exacte des centres horaires, car l'étude des divers appareils de remise à l'heure nous entraînerait beaucoup trop loin :
le système de synchronisation adopté est celui de Léon Foucault, organisé déjà à l'Observatoire par M. Wolf, comme nous
venons de le dire, puis modifié par Leverrier et Bréguet en vue
d'une distribution urbaine.

Le principe en est très simple :

Si la lentille d'un pendule d'horloge est garnie d'une armature en fer doux, et si l'on place un aimant permanent au dessous et dans le plan d'oscillation, l'attraction magnétique, s'exerçant en sens contraire de l'attraction du rouage, retardera l'horloge en diminuant l'amplitude des oscillations du pendule jusqu'au moment où celui-ci manquera l'échappement, ce qui le conduira rapidement à un arrêt complet ; il n'en est plus de même, au contraire, si l'aimant est temporaire, et si son action ne s'exerce pas pendant l'arc médian de levée, c'est-à-dire en même temps que celle du rouage, et ne vient pas, par conséquent, la contrebalancer.

Un aimant temporaire, un électro-aimant, placé à l'extrémité de la course du pendule et traversé par un courant pendant la durée de l'*arc supplémentaire*, n'est plus susceptible d'arrêter le balancier : son action, d'autant plus sûre, avec une faible force électrique, qu'elle s'exercera sur le pendule au point mort, est simplement régularisatrice avec une légère tendance au retard, en raison de l'inégalité d'action pendant la montée de l'arc supplémentaire, période d'aimantation progressive, et pendant la descente, où l'électro-aimant a acquis toute sa puissance ; cette petite imperfection du système oblige simplement à donner au pendule conduit, par rapport au pendule conducteur, une légère avance de quelques secondes par jour. A *priori*, en effet, il semble que l'une des pendules pourrait toujours diriger l'autre, soit en la retenant, soit en l'accélérant, quelles que soient leurs marches relatives : mais les nombreuses expériences proposées dans ce sens n'ont pas été, jusqu'à présent, concluantes, paraissent manquer d'uniformité, de durée, et ne pas offrir les garanties nécessaires. En fait, et pour des raisons encore assez mal élucidées, si l'on ne veut pas courir à des arrêts inexplicables, il est même préférable que l'avance de la pendule dirigée, ou mieux corrigée, soit assez sensible, vingt secondes environ par vingt-quatre heures.

Les éléments essentiels pour le synchronisme, tel qu'il a été réalisé à Paris par Bréguet, sont alors les suivantes :

1° L'appareil de synchronisation.

Cet appareil, qu'il faut placer au dessous du pendule conduit, se compose de deux électro-aimants opposés par leurs pôles de noms contraires, afin d'éviter de polariser l'armature d'une façon permanente : les surfaces polaires se présentent à $0^m,001$ au-dessous de l'armature en fer doux placée au bas du pendule, lors des élongations maxima, et un index aimanté, placé entre les deux électro-aimants, signale le passage du courant. Le contrôle est donc instantané.

2° Le courant à envoyer par la conductrice.

L'horloge conductrice, pendant la durée de son arc supplémentaire, à droite et à gauche, doit produire un contact pour l'envoi du courant sur le circuit. Pour cela imaginons que, dans son plan d'oscillation, le balancier porte à sa partie supérieure un bras dont les extrémités sont munies d'une vis de contact ; ce bras, en oscillant avec le pendule, pourra venir soulever, tantôt à droite, tantôt à gauche, un levier monté sur un axe horizontal avec chariot de réglage et produire, en même temps, une fermeture de circuit. Dans l'étendue du segment commun aux cercles que décrivent, d'une part la vis de contact autour de la suspension du pendule, d'autre part le point originaire de contact sur le levier autour de l'axe de rotation du levier, il se produit une friction qui suffit à assurer un bon contact.

Dans la réalité, cette disposition est triple : de chaque côté, trois bras parallèles dans un plan horizontal, avec vis de contact, viennent soulever trois leviers montés sur le même axe horizontal de rotation, mais indépendants néanmoins les uns des autres. Cette triple réalisation mécanique permet de pouvoir compter sur un contact effectif, au moins pour l'une des vis ; elle divise en général le courant, et par là diminue l'oxydation des contacts ; enfin, et cela surtout, elle permet de nettoyer alternativement les surfaces de ces contacts sans interrompre le service.

Sans doute, et nous allons le voir dans un instant, la solution de Bréguet n'est pas impeccable : Collin a proposé un système un peu différent dans lequel le courant est interrompu par le balancier, à son passage dans la verticale ; Fénon et Garnier préconisent des appareils de contact pris sur l'axe d'échappement, au moment de la chute. Mais, en fait, le système Bréguet a déjà rendu de grands services, et toutes ces dispositions, qui ont pour objet de moins troubler la marche de l'horloge distributrice, auraient encore besoin d'être étudiées expérimentalement de la façon la plus précise, car il s'agit là d'une question fort controversée entre les plus habiles horlogers.

3° La pile.

Pour fournir un travail aussi soutenu que l'envoi de 86.400 courants par jour, l'élément de la pile doit présenter une grande constance : l'élément adopté est celui de Trouvé de genre Daniell. Le zinc et le cuivre sont séparés par des rondelles de papier buvard imbibées de dissolutions de sulfates de zinc et de cuivre ; l'humidité est entretenue par une couche d'eau placée dans le vase de verre qui constitue l'enveloppe extérieure ; la résistance de l'élément est de 7 à 8 ohms, sa force électromotrice est de 1 volt, c'est-à-dire qu'elle diffère peu de celle d'un élément Daniell du service télégraphique. Les piles doivent être visitées tous les mois, environ, et remplacées par des piles de réserve : elles sont assemblées de façon mixte, en tension et en quantité.

Nous n'insisterons pas sur d'autres difficultés rencontrées, soit en cours d'exécution, soit à l'usage : ainsi l'on reconnut, notamment, que les contacts Bréguet nuisaient à la régularité de marche désirable de la pendule directrice en temps moyen, et il fallut modifier le mode d'envoi de ce courant initial ; on est satisfait d'un contact oscillant autour de son centre de gravité, par l'intermédiaire d'une lame de ressort, et soulevé toutes les secondes par les dents du dernier mobile de la directrice.

Mais, faute de troubler entièrement la marche d'un pendule de précision, il ne peut être question de le faire traverser par un courant électrique notable : la pendule directrice ne pouvait donc commander directement les centres horaires, outre que tout accident eût été général, et il fallait localiser à un très petit travail l'action du courant qu'elle envoie. Voici comment on tourne cette difficulté : le courant émis, toutes les secondes, par la directrice, a pour rôle unique de faire marcher un relais, et il reste à utiliser délicatement le léger mouvement de va-et-vient de l'armature du relais.

Pour cela, imaginons un mouvement d'horlogerie dont le dernier mobile soit une *mouche*, sorte de palette tournant autour de son centre, qui vient buter dans une encoche de l'armature du relais ; toutes les secondes, l'armature du relais se soulève, la mouche fait un demi-tour, débraye le mouvement d'horlogerie, puis vient buter à nouveau ; ce mouvement d'horlogerie est réglé de sorte que, toutes les secondes, pour chaque demi-tour de la mouche, une roue dentée avance de *une* dent. Il est alors facile d'utiliser cette avance de une dent pour créer un contact dont la durée est réglable ; ce contact ferme un *autre* circuit électrique, entièrement indépendant de celui du relais et de la directrice, plus intense, qui pourra régler synchronique-ment plusieurs horloges dont la marche est légèrement sur l'avance. Dans la pratique actuelle, ce courant synchronise trois pendules en passant dans leurs électro-aimants inférieurs, celle de la porte de l'Observatoire, une pendule dite tête de ligne Ouest, une tête de ligne Est.

Et, en effet, considérons l'horloge dite tête de ligne Ouest, par exemple : à la rigueur ce peut être un simple pendule oscillant, à ressort, mais sans minuterie. Par l'armature en fer doux de son balancier, par en bas par conséquent, elle est conduite par la direc-trice, qui empêche, par en haut, de lui mettre trois contacts Bréguet? de lui faire envoyer, toutes les secondes, un troisième courant. C'est ce qui a lieu : toutes les secondes, cette tête de ligne envoie dans le circuit Ouest de la ville un courant assez intense à cause de l'étendue du réseau, et synchronise par leurs parties inférieures des centres horaires.

Le rôle de l'astronome est presque terminé : chaque jour, il compare la directrice temps sidéral de l'Observatoire avec les étoiles, pour en conclure la correction et sa marche ; chaque jour, à cette dernière, il compare sa directrice temps moyen et la contrôle ; si elle est en erreur sensible, il peut la corriger et la remettre à l'heure, lui faire perdre son avance ou gagner son retard, progressivement, à l'aide de petits poids amovibles p-la cés dans une coupelle attachée au balancier. Et par là, toutes les secondes, l'Observatoire envoie un courant, indiquant une heure qui ne s'écarte jamais beaucoup du véritable temps moyen, qui, bien souvent, pendant une semaine, n'en diffère pas de *un dixième* de seconde.

Telle est l'organisation générale du réseau de la Ville de Paris, adoptée par le conseil municipal sur un rapport de Viollet-le-Duc, et dont l'exécution fut poursuivie avec compétence par MM. Huet et Williot.

Il est presque superflu de dire que l'Observatoire de Paris s'efforça toujours, progressivement, d'améliorer ce service, et par une meilleure marche de la directrice, et par des modifi-cations mécaniques de détails reconnues utiles : les directeurs n'ont jamais manqué d'apporter, à cet égard, l'appui de leur compétence et de leur haute autorité. Mais, dès les débuts, une, installation aussi délicate rencontra bien des difficultés pour une mise au point à peu près définitive ; sans compter les accidents inévitables de toute installation électrique, pertes, courts-circuits, trépidations, ruptures de câbles. Or le public n'est guère patient : il s'habitue rapidement à un luxe nouveau, tandis que le moindre accroc l'irrite, et les horlogers de Paris, notamment, ne tardèrent pas à réclamer assez vivement.

L'amélioration la plus importante fut alors l'organisation d'un service de contrôle central permettant de surveiller, du poste de l'Observatoire, la marche des diverses horloges des circuits : l'étude détaillée de la solution fut faite par Bréguet, et la réalisation ne pouvait en être que prudente et progressive puisqu'il fallait supprimer des courants de synchronisation.

A cet effet, considérons un centre horaire, et demandons-lui, par exemple, de couper le courant qui le traverse, d'ouvrir le circuit, lorsque son aiguille des secondes bat la seconde 10 ; le courant ne passera plus dans les électro-aimants à cette seconde mais cela n'empêchera pas, aux autres secondes, la synchronisation. Pour cela, montons sur l'axe de la roue d'échappement un limaçon qui tourne avec elle ; sur le limaçon frottent deux leviers inégaux qui ferment le circuit, entre eux, par un petit ressort ; question de montage et, à la seconde 10, le plus grand levier arrive en haut de la levée du limaçon, tombe, se sépare de son voisin, coupe le courant ; à la seconde 11, le levier le plus court tombe à son tour et ferme le circuit du courant de synchronisation.

Plaçons-nous maintenant, à l'Observatoire, à côté de la tête de ligne qui commande le centre horaire, et montons dans le circuit un petit galvanoscope ; chaque fois que la tête de ligne envoye son courant, toutes les secondes, l'aiguille du galvanoscope oscille. Mais, lorsque le centre horaire bat la seconde 10, il coupe le circuit, et le courant ne peut plus passer : l'aiguille n'oscille plus. Alors on regarde la tête de ligne : si l'aiguille du galvanoscope reste au repos lorsque la tête de ligne bat elle-même la seconde 10, c'est qu'il y a accord entre la tête de ligne et le centre horaire — car il ne s'agit que d'erreurs de quelques secondes ; si l'aiguille n'oscillait pas quand la tête de ligne bat 8, c'est que le centre horaire serait en avance de 2 secondes. Les autres centres du circuit se vérifieront de même aux secondes

20, 30, etc... et tous les jours, à l'Observatoire, s'effectue ce contrôle fort utile.

Au reste, le rôle de l'Observatoire est terminé : il ne doit intervenir que pour régler la pendule directrice, vérifier que les têtes de lignes *suivent* bien, constater que les centres de chaque circuit sont d'accord avec leurs têtes de lignes ; c'est aux agents de la Ville qu'est attribué le service extérieur ; enfin les Postes et Télégraphes doivent s'occuper de l'entretien et de la réparation des canalisations électriques. Plusieurs centres horaires sont exposés, soit en raison de la construction de leur échappement, soit par suite des conditions de leur installation, à des causes mécaniques de dérangements brusques que le réglage électrique ne peut empêcher ; les accidents locaux sont inévitables d'une manière absolue ; les installations primitives ne peuvent supporter les trépidations du charroi croissant sur la voie publique ; pertes fréquentes à la terre ; les travaux d'égouts, les constructions souterraines considérables qui se multiplient à Paris, rendent inutiles toutes les précautions prises, les lignes des circuits sont fréquemment coupées, tantôt par accident, tantôt par maladresse ou négligence, et troublent gravement des réseaux entiers, puis les centres horaires ne sont plus dirigés et, réglés sur l'avance, eux aussi, s'emballent.

Il serait trop long de détailler ici les grands accidents de cette distribution, bien que leur histoire soit non seulement curieuse dans ses conséquences, mais aussi fort instructive : chacun d'eux, on peut le dire, attira l'attention sur une amélioration possible, passée jusqu'alors inaperçue. Malheureusement les conditions premières dans lesquelles a été établi le réseau de synchronisation ne répondent encore pas entièrement à ce qu'elles devraient être pour un bon réglage, il n'est pas toujours facile d'introduire les modifications qui seraient utiles, et, si les directeurs de l'Observatoire suivent ce service avec intérêt, sans lui ménager leur précieux concours, les difficultés budgétaires les arrêtent trop souvent ; puis, malgré les efforts les plus dévoués, quelles que soient de part et d'autre les bonnes volontés déployées, il est impossible, dans un service aussi délicat, d'éviter *tous* les ennuis, conséquences d'installations hâtives ou défectueuses, dérangements provenant des causes si multiples et qui se rapportent pour la plus grande part aux travaux immenses et incessants fouillant le sous-sol parisien, défaut de réglage des centres, besoin de nettoyage des pendules, etc... — toutes choses non imputables, à proprement parler, à un vice d'installation ou à un défaut d'organisation.

Mais le public n'a cure de toutes ces difficultés, il ignore les perfectionnements incessants ; il oublie les lenteurs inévitables lorsqu'un accident nécessite l'intervention de trois ou quatre administrations différentes : il ne voit, et ne veut voir, que le fait brut, la *panne* dans un centre horaire, et ne conçoit pas que, sur-le-champ, on ne la puisse réparer — électriquement aussi, en quelque sorte. Les doléances se multiplient, obsèdent l'administration... et bientôt celle-ci nomma une nouvelle commission pour étudier et reviser, s'il y a lieu, le régime de l'unification de l'heure dans Paris par l'électricité.

Et, tout d'abord, qu'y a-t-il d'exact dans les plaintes du public ?

Des marches irrégulières, des manques, des arrêts... dans les centres horaires, sont exacts : il s'en faut que nous ayions tenté de le dissimuler — ici, donc, le public est peut-être très exigeant, mais du moins sa réclamation est fondée.

Cependant, d'un examen approfondi de la question, il résulte que le cas le plus fréquent est le suivant : le possesseur d'une montre quelconque — non pas d'un chronomètre — quelquefois bonne, mais de qualité souvent médiocre et presque toujours mauvaise, à bon marché, résultat de ces fabrications en série qui entraînent un réglage illusoire, prend l'habitude de la venir comparer à un centre par intérêt, snobisme ou désœuvrement ; sait-il seulement faire une comparaison ? admettons-le très bénévolement ; sa montre a une marche assez régulière deux fois, trois fois... de suite, et il est enchanté ; quelques jours après, une perturbation importante se produit dans sa montre, un gros écart de marche ; il vient au centre horaire, compare, est d'abord surpris, s'il est indulgent ; mais, à la première récidive, son opinion est faite, et bien faite, vous pouvez en être assurés, car rien ne l'en fera plus changer ; il se plaint et, une fois pour toutes, en parlant des centres horaires, déclare que *ces machines-là ne marchent jamais*. La confiance aveugle dans une montre ordinaire est souvent mal placée.

Enfin, faut-il le dire ? nous avons vu personnellement des gens prendre l'heure, avec l'air le plus absorbé et le plus sérieux du monde, à un centre horaire arrêté, faute de vérifier que l'ai-

guille des secondes trottait! D'autres, aussi, pourraient en
témoigner.

Que faire?

Ce que nous venons de dire est uniquement destiné à bien
préciser l'état de la question, et non point à éluder les difficultés d'un contrôle plus rigoureux encore : on peut multiplier
les vérifications à l'Observatoire, s'efforcer de cacher au plus
tôt un centre horaire dont on vient de constater l'erreur, préci-
piter les relations entre administrations différentes pour diminuer
la durée des interruptions de service... tout cela sera fait — mais
n'est pas décisif.

Une seule solution est radicale, celle qui sera instantanée et
sur place : par un signe quelconque, un centre horaire doit,
de lui-même, prévenir le public si son heure ne mérite plus toute
confiance.

Nous pouvons d'abord, près de chaque centre horaire, établir
une petite aiguille de galvanoscope, comme il en existe une pour
le contrôle des têtes de ligne à l'Observatoire : cette aiguille
oscillera donc à toutes les lancées de courant, c'est-à-dire toutes
les secondes, sauf aux secondes 10, 20, 30... pour lesquelles le
circuit est coupé au premier, deuxième, troisième centre. Si
elle n'oscille plus du tout, elle indiquera une perte importante à
la terre, une rupture totale du circuit : le centre n'est plus
dirigé, ne recevant plus de courant, il s'emballe librement et son
heure n'est pas garantie. Un observateur attentif placé devant
un centre, supposons le premier, pourrait même apprendre
davantage : si les coupures, si les arrêts temporaires de l'aiguille, ne se produisent pas aux secondes 20, 30... du premier
centre, c'est que les centres sont décalés les uns par rapport
aux autres ; il pourrait même avoir une probabilité, très grande
parfois, pour que le centre qu'il observe soit juste.

Mais on ne peut demander au passant de se préoccuper de
tout le circuit : il trouverait la technique inextricable. En fait,
il est devant le premier centre : l'aiguille bat, donc le circuit
n'est pas coupé ; l'aiguille s'arrête à la seconde 10, puisque c'est
le centre lui-même qui coupe à ce moment ; mais le centre est-il
à l'heure ? La tête de ligne bat-elle 10 aussi en même temps?
car le centre pourrait continuer à être conduit électriquement,
étant décalé d'un nombre exact de secondes.

Par cela, on peut produire une coupure artificielle, par la

tête de ligne elle-même, à la seconde 5 par exemple, suivant
le procédé indiqué par M. Bigourdan : il est aisé de le réaliser,
ici aussi, par le montage d'un limaçon à deux leviers inégaux.
L'aiguille de tout galvanoscope du circuit doit alors s'arrêter à
la seconde 5 marquée par la tête de la ligne, à la seconde 10
marquée par le premier centre... : si donc le premier centre
horaire est d'accord avec la tête de la ligne, le passant verra
l'aiguille oscillante s'arrêter lorsque l'aiguille des secondes bat
5, 10 — il n'a pas à s'occuper des autres; si cet arrêt se produisait aux secondes 6, 10..., le centre observé serait en avance
d'une seconde, puisque la tête de ligne qui a produit la première
interruption n'en est encore qu'à la seconde 5.

Ce procédé est élégant, mais il offre l'inconvénient d'exiger
du public une certaine habitude de ce genre de comparaisons
pour voir, sur deux cadrans différents, à quelles secondes précises s'arrête la petite aiguille; en outre il est impuissant contre
un accident très grave qui se produit de temps à autre : le relais
intermédiaire, entre la directrice et les têtes de lignes, peut
s'arrêter, les têtes de lignes ne sont plus commandées, elles
s'emballent sur l'avance entraînant tous les centres de leurs
circuits — les centres peuvent être d'accord avec leur tête de
ligne, ce que vérifiera le passant, mais c'est alors la tête de
ligne, elle-même, qui fournit une heure erronée.

On peut encore y remédier. Conservons les petits galvanoscopes : le public n'aura plus qu'à vérifier leur arrêt complet,
correspondant à une rupture de câble, sans se préoccuper des
secondes auxquelles il s'arrête, et l'observation devient pour lui
fort aisée. Coupons le courant à la tête de ligne aux mêmes
secondes 10, 20, 30... que sur les centres du circuit : d'autres
arrêts que ceux-là dans l'aiguille oscillante indiqueraient un déca-
lage sur la ligne, quelque part. Au centre horaire, montons un circuit à cheval en dérivation, plus résistant : si le courant y passe,
un disque rouge apparaît. Si le centre est à l'heure, il coupe le
circuit principal en même temps que la tête de ligne : rien dans
le circuit; il le ferme lorsque la tête de ligne envoie du courant,
et celui-ci passe, naturellement, dans le circuit principal. Mais
s'il n'y a pas synchronisme? la tête de ligne envoie un courant
à une seconde où le circuit est ouvert par le centre : le courant,
trouvant coupé le circuit principal, passe dans la dérivation, fait
tomber le *voyant rouge* d'une manière définitive, et l'horloger

est obligé de venir le relever en remettant le centre à l'heure.

L'observation, pour le public, est très simple : le centre n'est pas à l'heure si le voyant rouge est apparu, ou si l'aiguille du galvanoscope est constamment arrêtée.

Et l'accident du relais?

On en préviendra le public, indirectement, par une coupure artificielle de circuit — donc galvanoscope arrêté. En effet, l'accident du relais est un arrêt : dans ce cas, utilisons la roue dentée qui avance de une dent par seconde ; plaçons encore dessus un contact à deux lames de ressort, ouvrant et fermant à temps les circuits des têtes de ligne ; en cas d'arrêt, ce contact tombe dans un creux, coupe complètement les circuits, les têtes de lignes ne commandent plus rien, et le public est prévenu comme pour une rupture de câble en égouts — arrêt des galvanoscopes.

Il reste encore, certes, quelques petits points délicats : mais nous ne pouvons ici aller plus loin dans le détail mécanique de cette organisation. Ce système a fonctionné pendant plusieurs mois au centre horaire du Lion de Belfort, et a donné de bons résultats : il est à espérer qu'on pourra l'étendre à tout le réseau parisien.

*
* *

Si, au centre horaire, l'heure est exacte à une fraction de seconde près, le public est-il entièrement satisfait? Non pas. Pourquoi les cadrans des horloges visibles, à partir de la voie publique, donnent-ils des indications si fantaisistes ? trop heureux s'il n'y a, parfois, qu'un quart d'heure d'écart — un millier de secondes!

On peut, certes, y remédier encore. Imaginons ces horloges reliées électriquement à une pendule, à l'Hôtel de Ville, qui, centre horaire dirigé par en bas, pourra diriger par en haut de nouveaux circuits. Toutes les douze heures, de 11 heures 57 minutes à 11 heures 58 minutes, cette nouvelle directrice envoie un courant d'une durée de une minute dans les circuits : utiliser ce courant pour remettre à l'heure exacte des horloges légèrement dérangées.

Ici, deux solutions.

Les appareils les plus fréquents supposent que l'horloge avance légèrement, ce qu'il est toujours possible de réaliser : il s'agit donc de l'arrêter un peu pour lui faire perdre son avance.

Le courant envoyé à 11 heures 57 minutes amène l'aiguille de l'horloge à 11 heures 58 minutes, et arrête l'horloge; là, elle attend, et repart quand le courant cesse; donc à 11 heures 58 minutes —elle est à l'heure exacte deux fois par jour et, par suite, ne s'en écartera jamais beaucoup. Ou bien, quand l'horloge arrive à marquer, elle, 11 heures 58 minutes, un peu à l'avance, elle s'arrête pour ne repartir qu'à la cessation du courant, donc à 11 heures 58 minutes vraies de la directrice et l'horloge est bien remise à l'heure juste : ce procédé ne pourrait, comme le précédent, corriger au besoin l'avance et le retard, mais il lui est préférable parce qu'il n'utilise pas l'électricité comme force motrice sur les aiguilles.

La correction indifférente de l'avance et du retard est un problème beaucoup plus délicat, et offre l'avantage de ne pas dérégler l'horloge en la faisant avancer systématiquement : de très ingénieuses solutions ont été proposées.

Mais... il faudrait une nouvelle organisation électrique, un réseau couvrant Paris et que l'État, il s'en faut, ne concède pas gratuitement à la ville; des appareils, de l'entretien; comment obliger certains monuments, les églises..., à se soumettre à une heure? Personne ne voudra y contribuer : à peine si, sans frais, on tolérera dans bien des cas les visites de contrôle et de surveillance des appareils; on ne pourra plus, logiquement, flâner! Et le budget serait lourdement chargé, ... encore! Tant que l'unité d'échange, ou *time is money*, ne sera pas plus élevée, il ne faut point songer à une telle réforme.

Paris, cependant, par l'organisation de ses centres horaires, pourra montrer un modèle de distribution électrique de l'heure, en tant que synchronisation; et, dans la réalisation de ces réseaux, dans leur contrôle, dans les jeux répétés de ces organes délicats et de haute précision, les amateurs et les connaisseurs devront reconnaître une beauté vraie, communément une merveille, de construction mécanique.

JEAN MASCART.

ÉVREUX, IMPRIMERIE CH. HÉRISSEY ET FILS

La Revue du Mois

2, boulevard Arago, PARIS

TABLE DES MATIÈRES :

La Revue du Mois

Paraît le 10 de chaque mois depuis le 10 janvier 1906
par livraisons de 128 pages gr. in-8 (25 × 16)

Chaque année forme deux volumes de 750 à 800 pages chacun

Directeur : **Émile BOREL**
Professeur adjoint à la Sorbonne

La *Revue du Mois* est une revue *générale*, conçue à un point de vue *scientifique*. Elle traite les questions de sciences pures et appliquées, d'hygiène, de sociologie, d'histoire générale et diplomatique, d'art militaire, de critique littéraire, à un point de vue plus philosophique que technique, de manière à intéresser tout le public désireux d'être tenu sérieusement au courant du mouvement des idées. Une Chronique et des Notes bibliographiques complètent chaque livraison.

Envoi de prospectus détaillés et de spécimens sur demande adressée
aux bureaux de la Revue, 2, boulevard Arago.
Voir à la page 3 de la couverture la table résumée de la première année.

PRIX DE L'ABONNEMENT

Un an, Paris, 20 francs ; départements, 22 francs ; Union postale, 25 fr.
Six mois — 10 francs. — 11 francs. — 12 fr. 50

Prix de la livraison : 2 fr. 25.

On s'abonne sans frais chez tous les libraires et dans les bureaux de poste

Dépôt général : Librairie H. LE SOUDIER, 174-176, boulevard Saint-Germain,
Paris.

ÉVREUX, IMPRIMERIE CH. HÉRISSEY ET FILS

www.ingramcontent.com/pod-product-compliance
Lightning Source LLC
Chambersburg PA
CBHW060838180626
46818CB00004B/1500